ENTRE MARTE E A MORTE

ISABELA JOHANSEN

ENTRE MARTE E A MORTE

LARANJA ● ORIGINAL

1ª edição: São Paulo, 2018

**É sempre mais difícil
ancorar um navio no espaço.**

Ana Cristina César

SUMÁRIO

Prefácio de Fernando Naporano **12**
Nau **18**
Ela **19**
Paraquedismo **21**
Costura **23**
Uma oração para seu anjo da guarda **25**
Brincadeira **27**
Someone like you **28**
Fósforo **29**
Je t'aime moi non plus **31**
Longe, perto **32**
Um **33**
That's how strange my love is **34**
Reflexo **35**
Mar-te **37**
Divino **38**
Choque **39**
Transe **40**
Pow! **41**
Surrealistic pillow **43**
Nuvem **44**
Amanhã **46**
Lótus **47**
Vão **48**
Apatia **49**
Caminho **50**
Álcool **51**
Pico **52**
Pó **53**

Corpo **54**
Nada **55**
Música **56**
Como? **57**
O que eu queria **58**
Perfuração **60**
Quando **61**
Imóvel **62**
Copo **64**
Descolorir **65**
Treze **66**
O dia em que acreditei em Deus **67**
As flores não falam **69**
Ácido **71**
Exi(s)t **72**
Ventre **74**
Prostituta de cometas **75**
Um quarto e um terço **76**
Me machuquei, mas não foi nada! **78**
Mãos pra cima, mocinha! **80**
As aventuras de Jim Bean no inferno **84**
Sabe, Flavinha? **88**
Drama turco **90**
Deus, I can't help falling in love **93**
O papagaio e a Florisbela **95**
Sobre o nada **97**
Outros mundos **98**
Furto **100**
Luto **102**

A DESLAVADA ARTE DO INSTINTO

Uma vez em alguma dimensão intuitiva da linguagem, o poeta alemão Rainer Maria Rilke pronunciou:

> Só existe um meio. Entre em si mesmo. Procure as razões que o levam a escrever; verifique se elas lançam raízes nas profundezas do seu coração, pergunte e responda a si mesmo se morreria caso o impedissem de escrever. E acima de tudo: pergunte a si no mais silencioso da noite: tenho de escrever? Mergulhe nos abismos da sua essência em busca de uma resposta profunda. E caso seja afirmativa, se puder responder a esta pergunta séria com um simple e forte "Sim, tenho", então construa a sua vida à volta dessa necessidade.

Tais palavras servem de pano de fundo para o cintilante cenário em que Isabela Johansen, esta habitante – pronta a *amartizar* desafios – das sensações achadas e perdidas, flutua entre o descompromissado e o surpreendente. Ela edificou *sua vida à volta dessa necessidade*. Escreve com a originalidade de uma marciana a celebrar a sensação de que somos todos o Infinito. Seus recursos literários são achados da sorte, milagres do acaso e lampejos da experiência real. Consequentemente, a franco atiradora mergulha nas impossiblidades para desafiá-las com a ousadia de uma criança em chamas de gelo.

Sua escrita faz jus às acepções, conotações e historicidade do planeta da claridade laranja – que se parece ao deserto de Atacama e cuja existência é sabida há mais de 4500 anos –, em que assume ser seu próprio *habitat*, espelho e *boudoir*. Os egípcios diziam que as coisas por lá andam ao contrário e os árabes o chamam de Merrikh que é à tocha associada à força do metal e do ferro. Na astrologia védica, o Laranja de temperatura de 67 graus é conhecido como Mangala, que se traduz por bravura, ira, paixão e controvérsia. Tais observações e fundamentos especulativos caem como uma luva nas predileções de suas temáticas.

Por falar nisso podemos – de certa forma e com a devida licença – dizer que esta água congelada que vira gás cósmico, este livro-iglu construído *Entre Marte e a Morte*, pode ser dividido em sete partes, as quais merecem ser vistas em blocos estilísticos e temáticos. Todavia, não devemos esquecer que o que também sobrevoa cada uma delas é o indicativo de que a vida própria de suas palavras busca sempre o sentido de Eternidade de todas as coisas e que, às vezes, o "infinito turbulento" de Henri Michaux é a decoração mais propícia do percurso.

Essa "desequilibrista de cogumelos silvestres" brilha em teor Surrealista ao "desabotoar os botões das nuvens". Textos como *Ácido*, *Um*, *Mar-te*, *Reflexo*, *Surrealistic Pillow* e *Pico* são provas lúcidas de uma tessitura lírica e livremente bretoniana. Muitas vezes, "com o suor borbulhante do esmalte" e com as pe(r)nas que "formigam como saúva em chamas", alude ao erotismo cósmico-surreal de Anais Nin.

Ela "amante incondicional dos contrários", que é "repleta de cicatrizes" que a "fazem lembrar que a cura é maior que o tombo" faz justiça total ao seu signo solar de Aquário. Assim temos contos Aquarianos tais como *Pó*, *Treze*, *Copo*, *Um Quarto* e *Um Terço* e *That's How Strange My Love Is*. Para a alma que quer "o descontrole do leme" e se "afogar na superfície louca de Vênus" a conclusão é a de que nem "os caminhos do excesso, do comedimento, nenhum deles serve."

Ela cria cenários, cenas, silêncios e situações típicas de um roteiro da Sétima Arte. Filmes imaginários do "tempo nu" que seriam de "uma inquietude incompreendida até por Deus." Assim sendo em *Pow, Escova, Machuquei, Mas Não Foi Nada* e *Mãos Prá Cima, Mocinha!* temos os escritos Cinematográficos. *Pow*, por exemplo, soa como um roteiro para um filme imaginário de Truffaut. Parece também reverenciar Buñuel. Em sua mitologia extra-tudo escarnece a própria terra, esse "estranho paraíso místico de formigas."

A criadora *Tangerine Dream Johansen*, por quase todo seu *Mars Polaris* dá também um show de seu romantismo idiossincrático. Quando saracoteia e voa "como uma andorinha dourada" pelas tapeçarias do Amor, Isabela sofre "como Amélia", "sonha como Alice" e morre "de desejos até que não sejam mais desejos". Estar "apaixonada", esse é seu "estado natural".

Há mesmo estorietas que contêm um romantismo digno das sombras de Álvares de Azevedo. Ama de maneira real. Ama de maneira platônica. Ama *Demais* como se fosse o samba-canção de Maysa. Sabe que "o que dói é a falta de amor." Quiçá, para tal densidade, seria melhor mesmo casar-se "com uma estátua grega", pois sua essência é muito *rock'n'roll* para os padrões normais. O resultado dessa mescla são os exercícios Rockmânticos que trafegam em *Fósforo, Longe, Perto, Someone Like You, Uma Oração para Seu Anjo da Guarda, Je T'Aime Moi Non Plus, Longe, Perto* e *Divino*.

A artista, "uma prostituta de cometas" que foge "alucinadamente" de si "enquanto" se busca é a deusa da guerra marciana quando parte para narrativas Sensacionistas. Entre as mais destacáveis, com aromas de Álvaro de Campos, temos *Imóvel, Sabe, Flavinha?, Prostituta De Cometas, Lótus, Caminho* e *Nada*. O Deus que não existia, mas falava com Lou Andreas-Salomé, regurgita como uma alegoria em seus sentimentos tão profundos porque em tudo-de-Isabela há o desejo de "prolongar essa vida até a eternidade."

Para finalizar as agrupações de estilos desse livro de oxigênios do fundo do mar que ela segue em "voo constante para Marte, Vênus e outras galáxias sem nome ou cor" temos seus contos Metafísicos. A "paraquedista" que salta de um "avião sem paraquedas" faz da busca desenfreada pela liberdade a libertação mesmo de todas as buscas. Tudo parece residir no selvagem desejo de "colocar a eternidade na palma da mão aberta". Exemplos desses ditirambos metafísicos estão em *Corpo*, *As Flores Não Falam*, *Perfuração*, *O Dia em que Eu Acreditei em Deus* e *Exi(s)t*.

Em seu insofismável questionamento, indaga "o que somos nós? Uma alma em vida brincando de esperar a fantasia da morte?" A resposta, se é que há, encontra-se exatamente na água-aérea de suas palavras. Essa água que contém hidrogênio azul celeste, um escudo que a protege da radiação fatal do mundo. Tal água vira gelo e com esse material transparente constrói esse livro, seu iglu surreal-impressionista, lapidado entre a morte que ainda não veio e Marte, onde a geleira se solidifica.

Estilos e gêneros literários aparte, em tom de quem pede a conta ao garçom das galáxias in(di)visíveis, ela solta uma gorjeta de quatro poemas quase ao final do livro. Por assim dizer, um chorinho nesse copo-alma de mulher chamado Isabela.

Celestialmente,
Fernando Naporano

Peace!

love!

Isabela Johansen

NAU

Quando anoitece, amanhece outro sol, noutro lugar do corpo: Dilúvio Solar. E, no distante horizonte, a inatingível mente dos amantes alcança águas repletas de sereias barbadas e proféticas ondas douradas. Caravelas em forma de estrelas improvisam luminosos céus no içar das bandeiras. O Universo Absoluto renasce em seda e nudez.
Embarcar e deslizar.

ELA

Contudo e por tudo, tenho uma intensa felicidade incrustada em minha essência e absoluta energia que, concluo, adquiri no nascimento. Já não entro mais em conflitos alheios e são poucas as vezes em que me chateio com atitudes que eu não teria. Não espero dos outros, não espero os outros e, por fim, não espero. Estou aprendendo a amar de um jeito totalmente doentio e paradoxal – sofro como Amélia e sonho como Alice. Já não me importa o que dizem, o que acham, o que falam: já não me importa quase nada. Preciso de dinheiro, mas não mais do que de ar. Penso, penso sobre tudo aquilo que penso e penso com todo o meu corpo. Morro de desejos até que não sejam mais desejos e dou lugar a inúmeros outros. Sou apaixonada, esse é meu estado natural. Sou intensa, densa, pesada, mas estou aprendendo a voar como uma andorinha dourada. Tenho muita fé, fé que não necessita de imagens ou altares. Acredito em mim ao mesmo tempo em que desacredito: vou me buscando... Tenho tido muitas alegrias e ressacas. Tenho tido muito amor, muito amor. Tenho tido tudo aquilo que não posso agarrar, tudo aquilo que realmente importa. Tenho tido lindos olhos, mas não tão bonitos quanto aquilo

Isabela Johansen

que posso ver. Tenho tido um mundo que não físico e sonhos que não inalcançáveis. Sou um corpo feito de nuvens, ilhas, cores, luas, peixes, lares. Sou um mundo que não cabe neste, mas me encaixo perfeitamente. Tenho tido vida em vida e um lindo cachorro. Contudo e por tudo, há uma felicidade incrustada em minha essência e uma intensa energia.

Isabela Johansen

PARAQUEDISMO

Era tudo por diversão. E não havia nada mais divertido do que saltar de um avião sem paraquedas. Era simples, fazíamos nossas malas repletas de artifícios contra a sanidade, embarcávamos no primeiro voo da madrugada e saltávamos. A queda durava por volta de quatro dias e, depois de cruzar nuvens carregadas e pássaros azuis, inevitavelmente nos estatelávamos no chão.

Vez ou outra, nos levavam ao hospital, desacordados. Outras, nós nos curávamos sozinhos com um copo de whisky pela manhã.

Só voltávamos para casa para desfazer as malas, lavar as roupas e tomar uma ducha rápida. Nosso destino era sempre o partir para qualquer lugar que não o café da manhã sem gosto, o banco lotado de rostos, os compromissos insuportáveis, as conversas intermináveis, o guarda-chuva, o trânsito, o farol, o relógio Nós sabíamos que iria chegar ao fim. E seria melhor que fosse nas alturas.

Nós já não fazíamos parte daqui e nossos pés já não sentiam o calor do asfalto. Cruzávamos milhares e milhares de pessoas sem nos dar conta de que éramos apenas fantasmas paraquedistas.

Mas houve o dia em que tive a última queda. E, para minha surpresa, meu encontro com o chão não doeu dessa vez. Quando finalmente abri os olhos, havia uma criança em meu colo. E eu a segurava da maneira como o Universo segura a Terra: inexplicavelmente natural e divina.

Desse dia em diante, não saí mais de casa sem meu paraquedas. E aquilo que eu achava que poderia acabar com a minha liberdade, finalmente, me tornou uma pessoa livre.

COSTURA

Você estava na rede e puxei sua camisa branca com tanta força que caíram todos os botões. Você lembra? Eu havia comprado aquela camisa um dia antes e dado de presente a você. Então, no dia seguinte, arranquei todos os botões com violência e sem propósito. Aquilo era um certo tipo de amor. Você nunca me fez mal algum. Mas eu voei na rede amarela naquela bendita noite. Talvez porque eu tivesse vontade de voar em minha própria cara inquieta. Você nunca me perdoou pelos botões. E teve o dia em que quebrei seu computador. Tínhamos acabado de editar a última parte do seu livro. Então eu joguei seu computador contra a parede e depois o coloquei no lixo. E no dia seguinte fui comprar outro computador, e você se lembrou de que todo o livro estava salvo no seu e-mail. E teve o dia da janela, do corte na mão e do hospital. Teve também o dia em que nossas mães choravam na porta do quarto porque a gente se odiava e ia se separar. A gente se odiava porque se amava, você sabe. E tiveram os intermináveis dias que passamos assistindo filmes e bebendo vinho. Colocávamos a televisão e o colchão da nossa cama no jardim de inverno e esquecíamos o mundo. Não precisávamos de roupa ou relógios o tempo era simples e nu. Algumas vezes eu não queria voltar pra casa depois de um show e dormíamos em um hotel. E pela manhã tocava Hendrix no rádio – milagrosamente. E você sabia que eu não poderia beber muito. E sabia que eu adorava cuidar da casa. Que tudo estaria sempre impecável. E que eu jamais te trairia. E sabia também que eu estava me perdendo aos poucos disso tudo. Perdendo-me de você. E me perdendo. Sabia que estava deixando as lembranças espalhadas pela casa como migalhas. Que eu não iria segurar a barra com meus vinte e tantos anos e com essa inquietude incompreendida até por Deus. Sabia que eu precisaria de intensidade todos os dias pra continuar acesa. E que minha sensibilidade não permitiria dias mornos. E que um dia eu iria embora. Eu e ela. E que você iria espalhar minhas coisas pela casa nesse dia. E quebrar meus vasos. E que você não me perdoaria nunca pelos botões que deixaram seu peito aberto. Eu nunca quis te fazer mal. Eu nunca quis fazer de você alguém que não acredita no amor. Mas você sabia que eu iria fazer isso. E teve aquele dia que te chamei de covarde. Mas você sabia que não era covarde. Um homem covarde não deixa uma menina entrar na sua casa e arrancar os botões da sua camisa.

UMA ORAÇÃO PARA SEU ANJO DA GUARDA

A vitrola ainda está ligada, nossos copos de tequila em cima da mesa, a garrafa de whisky vazia na pia da cozinha, as duas cervejas na geladeira (como você disse que ficariam), meus brincos na cabeceira da cama, seu braço esquerdo na minha cintura, meus dedos no seu cabelo de índio, as chaves no trinco, sua camiseta no meu corpo, o ventilador ligado, o vestido no chão, os livros espalhados pelo escritório, as canetas ao lado da cama, os discos nas caixas de papelão.

Você fica tão frágil enquanto dorme. E tão doce. Parece um menino que ainda não desaprendeu a sonhar.

Chove.

Deixo um bilhete para o seu anjo da guarda na escrivaninha enquanto observo as fotografias daquelas mulheres e seus cabelos curtos pregadas na parede. Estou estranhamente tranquila. De todos os lugares do mundo, era aqui que eu deveria estar.

Chamo o elevador.

No carro ainda estão as tampas das garrafas, o embrulho do sanduíche sem gosto que dividimos, o copo plástico com o desenho do batom roxo, o papel do estacionamento. Ainda está você e aquela conversa gostosa e sem pressa.

Isabela Johansen

UMA ORAÇÃO PARA SEU ANJO DA GUARDA

Ligo o carro. Choro. Eu nunca mais vou voltar.

Peça desculpas ao seu anjo da guarda. E diga a ele que vou embora. Porque te amo.

BRINCADEIRA

Vou brincar de não dormir. Mas, se dormir, quero sonhar. Quero o navio, o mar e o marinheiro. Quero a sereia e o descontrole do leme. Quero o pirata e o fogo queimando o mapa em seus pontos estratégicos. Quero fúria, férias e calmaria. Quero abismos. Quero me afogar na superfície louca de Vênus. Quero me perder e me achar dentro de um dragão chinês. Quero brincar de não dormir. Quero brincar – e não dormir.

SOMEONE LIKE YOU

Desculpe-me por ter entrado, assim, sem avisar. Por ter batido no seu peito com um pouco mais de força naquele dia, por ter te dado o abraço bêbado no bar às duas da manhã, por te dar abraços bêbados na calçada, por te dar abraços de ressaca, por te dar abraços completamente sã, por te dar abraços, por te dar.

Desculpe-me pelas lágrimas que derramei no lençol, por tentar te convencer de que as coisas podem ser simples, por gostar tanto de te ver sorrir, por ter dormido na cadeira enquanto conversávamos, por não ter competência de tocar as músicas que fiz pra você depois de beber todas aquelas doses, por ter dobrado suas roupas enquanto você tomava banho naquela manhã.

Desculpe-me por não querer saber nada sobre você, por escrever coisas tristes, por gostar de pegar no seu rosto, por fazer você dividir comigo as tranqueiras deliciosas que você come, pelo disco do Elvis que eu não te dei, por não conhecer quase nada do Van Morrison, por não me importar quando você diz que eu "sou louca", por sentir saudades às três horas da manhã e não telefonar.

Desculpe-me por ter tropeçado na sua vida. E caído de boca. Na sua.

FÓSFORO

Ele estava tentando dizer que o tempo era como seu cigarro. Continuava a queimar em tragadas aliviadas, em seguida se espalhava pelo corredor quente, interior aos lábios e, finalmente, libertava-se em meio a sopros e lembranças de lençóis de seda e gozo. Ele acreditava que o tempo era medido em maços de cigarro. Antes, o tempo vontade. Durante, o tempo prazer. Depois, o tempo alívio. E os três tempos eram um suicídio lento, romântico e turvo. "Não é o cigarro que mata, o que mata é a vida", dizia, e pedia outro cigarro a ela. Ele a adorava – ela sempre tinha cigarros em sua bolsa. Mas ele não sabia que ela só os tinha para poder prolongar as horas. Ela o observava como se cada vez que o olhasse fosse a última, um olhar doce e intenso que se estendia até as cores quentes das embarcações marítimas do peito. O cinzeiro era o único que guardava o espaço entre o amor dos dois. Ele dizia que os segundos são aqueles que antecedem as bitucas. Ela contava os maços restantes. Ele sorria como se explicasse, entre um trago e outro, que o tempo só existe depois que se aprende a cortar o lacre da caixa com os dentes, e que sempre há algum cigarro na calça-

Isabela Johansen

FÓSFORO

da para indicar os minutos. Ele fumava. Ela voava. Ele acendia outro cigarro. E outro. E outro. Eles realmente eram um casal invejável. Mas só por algumas bitucas.

JE T'AIME MOI NON PLUS

Você sabe o que fez. Quebrou a casa toda, jogou as cadeiras pela janela, queimou as roupas e atirou a xícara do Bowie na parede. Você arrombou a porta e agora não posso mais esconder as chaves porque elas não trancam mais porra nenhuma.

Não temos nenhum cachorro, nenhum gato, nenhum café da manhã decente, nenhum lençol branco estendido no varal. Nós não temos nada. E todo o resto você queimou naquela manhã sem sol.

E só então eu percebi que não precisava de nada daquilo, de nenhum gato estúpido miando às três da manhã, de nenhuma camiseta sua me esperando do lado esquerdo da cama e de nenhum beijo de boa noite. Eu não precisava de nada. Só de dois segundos olhando pra você e te adorando do jeito que você é.

Você pode quebrar todas as casas do mundo, toda a minha coleção de xícaras, quebrar a minha cara com esse seu dedo grosso apontando para mim e despedaçar meu coração com esse sorriso idiota que eu acho lindo. Tanto faz. Eu gosto de assistir à sabotagem. Você precisa mesmo quebrar tudo. Quem sabe assim a gente possa se encontrar no meio dos cacos e deixar que a chuva da manhã faça o trabalho dela enquanto ouvimos *Je T'aime Moi Non Plus*.

LONGE, PERTO

Suportavelmente acordo. Dois cigarros por fumar, centenas de frases feitas e vulcânicos pensamentos. Insuportavelmente te escrevo enquanto te deito no travesseiro florido. Quanto amor no pensamento das suaves cinzas do não esperar! O peito já não é peito, é o desejo latente de morar na casa da árvore da felicidade! Imagino você, venero te imaginar! Coloco em minha alma bigodes de leite Ninho e, assim, sou criança inventiva outra vez, suportando você em mim da mais magnífica forma. Vou vivendo... minha vida em nossos infinitos momentos, minha nômade vida em seus magnetizantes eixos.

Deixo você como me deixo pelos cantos do quarto azul. Quero você e te preciso como preciso de meus grandes olhos.

Vejo você longe. Tão perto e tão longe.

UM

Fogos de artifício no lugar das palavras, nada além de luzes e estrondosos sussurros nos seios. Pernas contraídas entre a gôndola rosada e o suor borbulhante do esmalte que te arranha. Dialeto de rios desaguando na candura dos poros e despindo excessos na janela das línguas de outono. Respirar no distrair dos retalhos da última trajetória entre galáxias em ebulição. Arrebatadoras cores silenciando o amor. Mais.

THAT'S HOW STRANGE MY LOVE IS

Eu nunca quis entrar pela porta da sua casa com minhas malas azuis e dizer "Ah, meu amor, agora temos a eternidade!". Nunca quis ter filhos, cachorros ou conversas muito longas. Não passou pela minha cabeça ter seu sobrenome, ir ao cinema de braços dados, sair para um jantar entre amigos ou te presentear com botas novas e um gato siamês. Não. Tudo o que eu sempre quis foi que me achasse uma pentelha que não sabe o que está falando porque bebeu a tarde toda, que me olhasse como se eu fosse uma garota mimada e traidora, que odiasse o cheiro do meu cigarro de menta e todas as inutilidades que escrevo, que evitasse minhas mãos e me achasse tão insuportável quanto as manhãs ensolaradas no centro da cidade.

Mas você não consegue me odiar. E, vez ou outra, eu te dou uma garrafa de whisky ou um disco do Elvis. E todas essas coisas tolas me fazem sorrir em uma tarde como esta.

Sabe? Eu vou ser assim, uma péssima pessoa quando estiver perto de você. Vou fazer tudo errado, exagerar na dose e destruir a noite. Assim, poderemos ficar sempre aqui, nesse lugar nenhum, entre duas vírgulas, uma garrafa quase vazia e uma caixa de fósforos molhada.

REFLEXO

Hoje, pela manhã, enquanto esperava no farol da Paulista com a Peixoto Gomide, vi aquela menina de longos cabelos loiros atravessando a rua. Havia mais de quinze anos que não a via. Mas ela estava lá, correndo e sorrindo, como se nada pudesse impedi-la de seguir seu caminho apressado. Logo atrás vinha um segurança enorme que gritava para que ela parasse ou chamariam seus pais na escola. Ela não ligava, continuava correndo e sorrindo, cheia de sonhos. Ela nunca soube quais eram seus sonhos – sempre muito ocupada com as intensidades do agora. Mas ela sabia sonhar. E sabia também que não chegaria a lugar algum depois da corrida. Ela só precisava fugir daqueles dias mornos na escola. Daquelas conversas mornas. Dos professores mornos. Da rotina assassina. Dos quarenta e cinco minutos multiplicados por cinco. Ela odiava aquelas aulas. Eram intermináveis e nada lhe diziam. Ela não queria saber do Tratado de Tordesilhas, ela queria se apaixonar, ralar o joelho na calçada, ouvir histórias tristes, chorar de rir, fumar todas as marcas de cigarro, conhecer todos os becos do mundo. Esses eram seus verdadeiros sonhos. Por isso ela corria. Para poder viver. E muito. E já. Então, olhei no retrovisor

Isabela Johansen

REFLEXO

e vi aqueles olhos. Os olhos dela colados no meu rosto. E eles estavam outra vez naquela mesma esquina. Fugindo do trabalho morno. Da rotina morna. Dos compromissos diaceradores. Aqueles olhos curiosos e afobados estavam em fuga, outra vez. E guardavam consigo a memória de um respirar divino que só as verdadeiras fugas produzem. Aqueles olhos desassossegados nunca mudaram.

MAR-TE

Eu, o laranja apitando entre os ouvidos. Você, ah!, você e suas retinas brilhando diante da doceria central! Uma colher de chá e a fumaça do último cometa – fogueira acesa pela boca de uma aveludada borboleta sedenta. A lua nascendo com o vermelho ácido da taça de vinho barato outro gole, outra lua, outra vida que não a do tempo. O céu: cobertor de seda. A Terra: estranho paraíso místico de formigas.

De Marte, o azul é quase verde.

DIVINO

Ele me escreveu hoje pela manhã. Disse que teve um sonho comigo. Estávamos em algum lugar distante de tudo – acho que em Vênus –, e eu cantava Love Hurts. Ninguém sabe quem sou – pensam que sabem. Sei atuar bem com os olhos. Mas ele, no alto de uma montanha além do Atlântico, sabe. E de alguma maneira estranha me guia quando estou cega. Não sei se caímos do mesmo céu cintilante e nos encontramos no meio das palavras. Talvez sejamos apenas dois sonhos brincando de despertar. Não importa. Ele sabe que o amor machuca. E ele sabe que eu não tenho medo disso. Então, ele sonha comigo cantando Love Hurts porque sabe que o que importa para mim é o amor e toda aquela humilhação sincera e cretina. O amor e aquele descontrole. O amor e a faixa nos olhos. O amor e o suspiro de alívio. O amor e aquela lágrima que entrega a estupidez.

Machucar-se faz parte da queda. Mas, pra quem caiu na Terra depois de um sopro divino, nada dói. O que dói é a falta de amor.

CHOQUE

De vez em quando é a faca. Logo pela manhã, coloco o cadeado na gaveta de talheres e passo manteiga no pão com a ponta dos dedos. O gosto é sempre o mesmo – sem graça.

Outras vezes é a corda, aquele objeto que traz lembranças da minha tenra infância, quando pular era um ato divino. Aos sete anos de idade, jamais imaginaria aquele objeto enfeitando meu pescoço.

Muitas vezes é a janela do décimo quinto. Imagino o prazer de estar em queda livre por alguns segundos e o milésimo que antecede o arrependimento profundo.

Afinal, o que somos? Nós, os que nos damos ao luxo da intensidade! Não somos apenas corpos que diariamente jogam a alma do topo de um prédio à espera daquela sensação de delírio única e breve? Não somos mentes que se estatelam no chão depois de um dia inteiro respirando?

Desfaço a mala repleta de pensamentos e finjo não existir. Hoje pode ser o dia em que, finalmente, os freios do meu carro funcionem. Mas tem o poste. E ele está bem na minha frente.

Isabela Johansen

TRANSE

O apático telescópio telepático telefona transmutando transações intergalácticas entre tramas transparentes. Tráficos entrelaçados de estranhas entranhas de estrelas atravessam trilhas ancestrais. Entro no trem em que trago entrelinhas. Traças tremem no travesseiro transversal. O tempo tremula. Atrito. Atração através de astros em alta tensão. Transe.

POW!

Não adianta colocar o scarpin de camurça e o terço dourado à meia-noite em um surto psicótico de paixão. Fatalmente você irá sair da casa dele na manhã do dia seguinte com o terço na mão, rezando para que as lágrimas sejam de crocodilo.

O AMOR É PERIGOSO ATÉ MESMO QUANDO NÃO-AMOR.

Ele usa coletes à prova de balas enquanto dorme, e você está com uma metralhadora nas mãos atirando pelo quarto. Você não vai acertar a serpente! Você não sabe atirar! Só conseguirá destroçar o espelho até sangrar e tudo escorrerá em vermelho.

O AMOR É UM LENTO MASSACRE.

Ele te adora de uma maneira perversa, e você poderá arrancar aquele coração com as unhas, se ele ainda tiver um.

O AMOR NOS TORNA ASSASSINOS EM NOITES FRIAS.

O terço arrebentará no banheiro no meio de uma conversa sobre amor. O amor é só conversa. Você não quer um lugar na estante ao lado do boneco do Elvis. Vocês discutirão coisas inúteis por horas inúteis. Dois inúteis. As cartas estarão na mesa, e vocês continuarão sendo um blefe.

O AMOR É UM JOGO PARA PERDEDORES.

Isabela Johansen

¡WOq

Você irá empurrar a porta e abraçar aquele homem com certa violência antes de chamar o elevador. Você o ama e irá voltar até que ele esteja morto.

O AMOR NASCEU MORTO.

SURREALISTIC PILLOW

Talvez seja a vontade desesperadora de desabotoar os botões das nuvens e despir o céu até brotar os olhos em outra galáxia. Talvez apenas a necessidade de encarar o mundo como uma roda-gigante de espelhos circenses. Não sei: ilusão. Li na bula de hoje que preciso de ar mais vezes ao dia.

Isabela Johansen

NUVEM

Vivi uma vida tão nublada que mal me lembro do último dia em que sorri de alma. Minha infância foi coberta pelo cimento branco e pálido da minha adolescência. Respirei a morte em vida diversas vezes e caí no templo da lucidez induzida em meus dias nublados.

Não! Não poderia ser diferente.

Hoje eu sei.

Mas agora a rotação do planeta faz sentido. A rotação desse planeta pequeno e insignificante faz todo o sentido. E esse girar lisérgico e constante me faz entender que somos apenas folhas caídas ao chão depois de uma primavera inexistente. Somos grãos jogados em um solo imprevisível, uma mísera gota-d'água em um oceano silencioso e imenso.

Não! Não há saída nesse labirinto, senão dentro! Os caminhos do excesso, do comedimento, nenhum deles serve. A porta está na alma, nessa alma que nem nós sabemos se existe! Está nessa plenitude vivaz que pode sucumbir nos próximos segundos.

Ah! Os outros! Os outros? Os outros somos nós a olhar os outros com nossos olhos de dentro. Nada é real. Somos apenas nós a produzir uma realidade individual e insana.

O que é a vida? Um caminho para a morte? O que é a morte? Um caminho para uma nova vida? O que é a alma? Uma brincadeira do corpo? O que é o corpo? Uma fantasia da alma? O que somos nós? Uma alma em vida brincando de esperar a fantasia da morte?

Rezemos para o Deus que criamos na esperança de um dia ser Deus. E, assim, continuar suportando os dias sem nexo, as manhãs enjauladas e as noites sem fim.

Isabela Johansen

AMANHÃ

Acariciando a orelha direita do meu cachorro, penso em como sou feliz. Não por ter tudo o que desejo, mas por desejar. Não por ser quem sou, mas por ser. Minhas mãos, o esmalte azul derrapando das unhas, a carícia, o vento em todo lugar. Durante um extenso segundo, entre o nada e o tão pouco, surge a deliciosa ideia da vida: outro amanhã no relógio de bolso, outra vontade de permanecer viva.

Isabela Johansen

LÓTUS

Sentir muito, mas não sentir muito por sentir. Cair e rir. Rir e levantar. Fazer dos extremos malabares do conhecimento. Usar a visão como aliada da alma cega. Respirar. Deixar o medo entrar e ir embora em fluxos de pensamentos. Repousar a mente em águas cristalinas. Continuar. Colocar a eternidade na palma da mão aberta. Vestir as asas de uma flor de nós.

VÃO

Timbres de voz no silêncio. Ângulos da mesma cena reproduzindo o agora por tantas vezes. Fantasias no carnaval do quarto escuro. Mãos e dedos; e mãos, e dedos, e anéis que se foram. Solidão em um par de olhos. Palavras exalando o amor que adormece dentro. Grãos de intensidade no virar da ampulheta cardíaca. Incontáveis vidas em uma só noite. O olhar além da retina.

Tudo em vão.

APATIA

Sua mania de madrugar em teias de arranha-céus, seus verbos inquietantes, sua pinta de sanidade (ou santidade?), sua conversa fora de forma. Você. Você, que eu não amo! Você e sua voz que não sabe mais entrar nos meus ouvidos. Eu não vou te esperar enquanto leio o noticiário da manhã. Eu não te quero. Eu não sou do tipo que quer. Eu não sou de nenhum tipo. Eu não sinto nada. Eu não sinto. Eu não. Sabe? Eu não sou do tipo que sente. Eu não sou o seu tipo. Queria gritar nos seus ombros de brinquedo. Queria te deixar surdo entre o meio-dia e o meio-dia e um. Mas eu não sou do tipo que grita.

Há quanto tempo estamos morrendo dentro dessa casa? Há quanto tempo acabou o gás do fogão? Há quanto tempo a luz do corredor está queimada? Eu não sei. Eu não sou do tipo que usa relógio. Eu não tenho tempo. Eu não tenho nada. Eu não tenho. Eu não tenho você.

Isabela Johansen

CAMINHO

Certa vez um monge me disse que não existe distinção entre o que sentimos. Que o amor, a raiva, o ódio e a felicidade são apenas sentimentos. Não concordei com isso, achei um absurdo. Mas hoje, olhando-o sair pela porta com medo de mim, pude entender que a tristeza que senti doeu no mesmo lugar que o amor. E essa dor foi tornando-se física até o momento em que passou. Porque entendi que não importa se ele vai ficar aqui do meu lado mais uma noite ou se nunca mais irei vê-lo nessas madrugadas vazias. Ele me trouxe de volta o milagre que é sentir, seja lá qual sentimento. E eu vou ser grata por isso até o dia em que me esquecer dele. E eu sei que isso não vai demorar muito. Infelizmente. Mas, enquanto esse estado de graça durar, serei grata. E rezarei por ele. E rezarei por mim. Rezarei com aquela dor alegre no peito – a maravilhosa dor que é sentir.

ÁLCOOL

É no corpo que bate o vento, e é nele que a chuva cai, o sol queima, a lua reflete. É do corpo que saem as impressões. É o corpo que sente medo, fome, frio, amor, paixão. É o corpo que modifica, se entrega, arrepia. É no corpo que sentimos falta. É o corpo que o mundo reverencia, acaricia. É o corpo que respira. É no corpo que a gente vive e se esconde. É o corpo que adormece. É o corpo que deseja. O mundo, corpo. O corpo, mundo. Um pouco de corpo para a alma sacudir. Um pouco de corpo para sentir o mundo. O corpo no corpo. O corpo e mais um copo. Mais copo para esquecer o corpo – e o mundo.

Isabela Johansen

PICO

Enquanto venero a árvore de veludo sem cor, escuto suas folhas triangulares rindo dos meus encantos secretos por abismos marítimos. Elas, espevitadas e alaranjadas, percebem a situação que revivo pela milésima vez e fofocam como vizinhas em seus portões-bordões bordôs. Eu, apertando o silêncio no peito, choro e repito cento e oito vezes que preciso de ar mais vezes ao dia. A grama em seus diferentes tamanhos de amarelo-café brincam com meus pés, mas eu não sinto – a Terra é o único lugar em que não estou. Ouço o pavão e sinto cócegas nos ouvidos. Minhas pernas formigam como saúva em chamas. Montanhas cativam bruscamente os círculos mesclados do meu rosto. Curvas. Picos. Já não sei mais onde estou. Ainda escuto as risadas enfadonhas das folhas. Sou um rio, corro pelas margens no ritmo frenético da paixão. Paro. Repito. Fecho. Abro. Corro. Retiro. As folhas, elas riem. O pavão. Pico.

PÓ

Paranoicos paralisados outra vez a sós. No parapeito, a parabólica ligada, sintonizando o que há em nós. Parafusos que não param na cabeça, ideias em destruição. Nenhum paraquedas na janela – quanto mais alto melhor.

CORPO

Quando abrir os olhos e aqueles raios por entre a cortina dourarem caminho para o dia, meu corpo estará ali, entre a cama e um pedaço do lençol do dia anterior. E, se chegar bem perto, onde sinta o respirar da minha vida, poderá ler-me como livro novo e sem capa.

Por entre as curvas, coloridas figuras e espaços em branco: tramas, loucuras, passados e futuros diante de suas retinas. No virar das páginas, um virar do avesso.

Pode ler-me sem medo, decifrar-me linha por linha e torturar-me com minhas próprias verdades. Mas o livro, este poema entregue aos dias e noites, nunca será seu pela eternidade. Embora o que agora leia seja eterno enquanto durem suas retinas...

NADA

Escrever porque é essência, movimento, traço, trama – todos os contornos daquilo que ninguém mais pode sentir. Desvirtuar, descer, cair, virar – tudo ali, parado. Asas gigantes surgidas do silêncio tagarela. Respirar e pirar, quantas vezes quiser. Respirar e pirar, quantas vezes puder. Respirar e pirar – nada mais.

MÚSICA

Nós, dós, rés. Composições de discórdia na harmonia: folia antecipando a valsa. Tempo. Pausa. Melodia. Pulso. Excesso de mis. Fás falsos soando baixo-alto-torto. Escape. Acorde. Desejos de sol. Noites infindáveis de lás. Esconderijos em si. Nós. Dó.

Isabela Johansen

COMO?

Como seria bom acordar entre sorrisos lisos, cortinas brancas, toalhas dobradas, café na mesa, ideias novas. Flores abraçariam vasos, nuvens dançariam na sala de estar, árvores cresceriam na grama de cristal. O vento seria cúmplice do cobertor e navios fariam fumaça na cozinha. Como seria bom dividir um último damasco e escutar o silêncio pleno dos nossos peitos aflitos. Como seria bom. Como seria?

Isabela Johansen

O QUE EU QUERIA

Eu queria te dizer que hoje fui comprar queijo no sítio vizinho. Que comprei dois queijos. Que eu estava com um vestido azul e que eu não gosto de vestir azul, mas hoje eu estava me sentido bem com o vestido azul. Eu queria que você me visse com aquele vestido e que eu não precisasse tirar foto no espelho pensando em te mostrar. Eu queria andar o caminho todo e não pensar em te contar meus pensamentos. Queria te dizer que hoje vamos fazer carneiro e que estou com trauma por ter visto aquele animal tão frágil morrendo. Eu queria te contar sem parecer rude e queria que você me dissesse "Esse é o momento de vencer os seus traumas!". E me abraçasse. Eu queria que você abraçasse meu vestido azul. Queria dizer que cuidei da horta e queria arrancar um sorriso seu quando escutasse isso. Queria que me visse pulando na piscina, lendo aquele livro, penteando meu cabelo. Queria que abrisse este vinho comigo, dividisse a taça, que experimentasse este patê de ricota e sorrisse. Eu queria que você sorrisse. Queria muito que você sorrisse. Queria ver seu sorriso. Você não sabe quanto eu gosto de te ver sorrindo. Eu queria te dizer isso. E queria te dizer que minha nuca gosta de você.

Isabela Johansen

Tanto. Queria dizer que a acerola estava doce, que o azeite não é bom, que a cerveja não está gelando muito bem na geladeira. Queria apostar que não tem mais nenhuma garrafa de cerveja na geladeira e queria que você perdesse a aposta. Você ia perder. Ia perder e ficar puto. Depois ia sorrir, comprar mais cerveja em qualquer lugar do mundo e iríamos dormir sem beber nenhuma. Queria que se sentisse útil por isso. E sorrisse. Eu só queria que você sorrisse.

PERFURAÇÃO

Depois de um tempo, você sabe quando está acontecendo. Sabe e deixa. Deixa porque você é um idiota e quer se foder. Deixa porque, antes de se foder, você sabe que vai ser incrível e vale a pena se foder em alguns casos.

Aquelas músicas ridículas que você começa a escutar, as memórias de sorrisos embriagados, a porcaria da saudade de porra nenhuma, todas essas canalhices que não servem para nada, tudo só para se foder.

Você anda pelas ruas com aquela maldita flecha perfurando as costas, sem sentir dor ou remorso. Você está sangrando e rindo. Você está escutando músicas ridículas e dança. Você sabe que vai acabar dançando – todo idiota dança no final da festa com aquele copo vazio de timidez nas mãos.

Porra, você está fodido! Sai de casa com pasta nos dentes e uma meia de cada cor. Você está um palhaço e se sente bem. Se alguém na rua gritar "Volta pra casa, palhaço!", você sorri e agradece, porque você é um palhaço surdo agora e a única coisa que escuta são aquelas músicas ridículas que te fazem lembrar algum abraço ridículo.

Completamente fodido! Completamente fodido! E essa plenitude preenche a alma até a porra da boca.

QUANDO

Quando você sabe o seu lado da cama em um quarto de hotel na beira da estrada

Quando você guarda um pedaço de chocolate pensando em outra boca

Quando você abre os olhos e tudo o que quer é abrir os olhos

Quando a música fica calma e o peito frenético

Quando chove mais dentro do que fora

Quando o futuro dá lugar ao agora

Quando você se torna o outro sendo você

Quando você vive uma eternidade em um minuto e meio

Quando você traga o cigarro e lembra de um beijo

Quando você escolhe, colhe e se recolhe no amor

Isabela Johansen

IMÓVEL

Sentada nesta cadeira de palha – imóvel –, fujo alucinadamente de mim enquanto me procuro. Esquentar a água para o café, contar os pratos na mesa, colher as cenouras para o bolo da tarde, sentir o vento leve que só as manhãs são capazes de trazer. Essa felicidade ordinária que mora dentro e que não somos capazes de compreender – é ela que procuro.

Acordo às seis. O céu está impecavelmente transcendente. A varanda e o vento. Um filhote de pássaro pousando na jabuticabeira. As luzes do lado de fora ainda acesas. Sento na cadeira de palha – imóvel –, onde eu estou? Sei que sou capaz de sentir alegria em manhãs luminosas como esta, mas não sinto. Não estou triste, inconformada ou preocupada, apenas quero encontrar os lábios escancarados do peito outra vez. Mas não encontro.

Escrevo e começo a sentir aquela dor do amor. Fisicamente sei onde meu corpo esconde o que procuro, só não sei como abrir, espalhar, espelhar e esporrar isso tudo.

Espero – imóvel – em velocidade da luz. Sei que a roda faz voltar o que realmente importa. Estou bem. Continuo me buscando

Um aroma indefinido, a sinfonia muda das árvores, os tons de verde espalhados pela grama, os grilos flautistas, as flores falantes, o brilho do orvalho: pistas da Caça ao Tesouro.

Corro – imóvel.

COPO

Às vezes pareço frágil: sou exagerada e minha alma anda nua. Mas a verdade é que sou forte o suficiente para ser assim: livre, sincera e despida de armas. Não me importo com machucados, sou repleta de cicatrizes que me fazem lembrar que a cura é maior do que o tombo. Cerrei as grades da alma há tempos.

A única coisa que almejo em vida é estar viva e fazer com que todos se sintam vivos também. Pratico o esporte do amor. Só. Do amor que inunda os dias. Se há algo que realmente me interessa, é o amor.

Não há nenhum problema em ser real, em sentir e em gritar aos quatro cantos do mundo: "Sim, eu sinto!"

Se estar vivo de verdade é ser frágil, podem me transformar em cacos. Só não me embalem em uma mala com uma etiqueta vermelha. Prefiro ser um copo quebrado e cristalino, do que uma taça refinada e inquebrável.

DESCOLORIR

A vida corre rápido como um raio e faz chover quando menos se espera. Vivo molhada enquanto planejo a fuga de ontem. Pergunto aos meus olhos se eles têm cor ou se é a cor que os faz olhos? Sou apenas um projeto de luz e sombra entre o ponteiro e a última badalada. Sou o maremoto e o marinheiro, só. Eu não sei amar. Desaprendi a língua do pólen quando comecei a florescer. Na idosa poltrona de veludo, pousam duas asas mudas a voar. Mas eu, a ideia quente de um ponto branco e louco, escolho as tintas de um amanhã sem paleta, de uma montanha sem altura e de uma corda sem pescoço.

TREZE

Todo dia treze ela vai até a igreja de Nossa Senhora de Fátima rezar por mim. Ontem foi dia treze e ela disse "Está tarde, mas ainda vou lá hoje". Ela sempre faz isso. Sempre reza para foder com aquilo que eu quero. Ela se ajoelha e pede "Por favor, livrai essa menina de todos os pecados". E acaba com os meus planos. E abençoa meus pecados de uma forma tão intensa que viro santa. E me dá vontade de chorar. E eu choro de raiva e por estar iluminada outra vez. Já expliquei, "Sou subterrânea!". Mas ela insiste em acender o sol na minha cara em plena madrugada e ofuscar minha síndrome de rebeldia. Talvez eu fosse uma placa de bronze com flores em cima se não fosse o dia treze. Não sei. Mas eu detesto esse dia. E, quando ele chega, eu penso "Dessa vez vou tacar fogo naquele lugar!". Só que tem aquela outra mais velha que estará rezando por mim deitada na cama. E a irmã dela com o terço na mão falando meu nome entre uma ave-maria e um pai-nosso. Tem todo aquele complô acabando com meus pecados. Mas tudo o que eu quero é pecar.

O DIA EM QUE ACREDITEI EM DEUS

Às vezes acordo no meio da noite e começo a criar um texto inteiro. Normalmente me levanto, abro o computador e começo a escrever. Mas dessa vez foi diferente. O texto estava além das minhas palavras tolas. Era algo da alma e ali tinha que permanecer, em segredo absoluto.

Minha filha estava dormindo ao meu lado e um amor infinito tomou conta do meu corpo. Naquele momento, senti medo de morrer. Muito medo! Percebi a paixão que tenho pela vida vindo à tona como uma onda gigante capaz de devastar uma cidade inteira. Então, pensei "Eu já estou com trinta anos! Até quando essa dádiva irá durar?".

Vasculhei cada canto do meu coração e agradeci secretamente todos os personagens da minha peça. Todos eles, naquele momento, eram igualmente fundamentais e preciosos. Entendi, naquele átimo de madrugada, que minha intensidade é proporcional ao amor que sinto pelo ato de viver. E que amo muito as pessoas que escolhi (e que me escolheram) para seguir a estrada. Tudo, finalmente, fez sentido.

O medo permaneceu. O medo do que irá acontecer no dia seguinte. O medo de perder, de ganhar, de sofrer, de amar. Um

Isabela Johansen

O DIA EM
QUE ACREDITEI
EM DEUS

medo estranhamente forte que correu pelo meu sangue e chegou até o travesseiro.

Continuei imóvel e pulsando.

O que eu posso fazer além de pedir a Deus que isso não acabe aqui? Eu que nem sei se Deus existe. Mas naquele instante Ele tinha que existir. E prolongar essa vida até a eternidade.

AS FLORES NÃO FALAM

Nós não somos tão importantes assim. Vivemos em um planeta que já foi palco de muita gente e pouco importa se eles se apaixonaram por alguém enquanto caminhavam em um parque em Barcelona ou tomaram café sem açúcar em uma noite fria de setembro. Somos irrelevantes por natureza. Tão insignificantes que precisamos que acreditem em nossa existência, como se todos nós tivéssemos a "Síndrome de Jesus Cristo". Queremos que nos crucifiquem para que sejamos heróis porque é realmente difícil aceitar nossa insignificância.

Tudo besteira.

Nossos olhos e ouvidos logo estarão debaixo de flores. E depois nem flores, porque não haverá quem se lembre de colocar flores em cima de nós. Aqui é tudo invisível. Tudo mutável. Aqui é o mundo do alzheimer conveniente. Aqui é a terra da invenção inútil, da criação do ego estúpido, dessa insanidade chamada eternidade.

No fim, somos todos insignificantes. O sol continua nascendo, a chuva molhando e a Terra girando. Somos apenas marionetes de uma sociedade doente e dependente. Somos animais que comem animais.

Rezemos para que na próxima jornada possamos ter o privilégio de nascermos flor. Porque elas sempre estarão ali, em silêncio fúnebre, contemplando a grande besteira que é a vida. Ao menos elas não falam, diria Cartola. E ainda acredito que tenham a sorte de não pensar também.

ÁCIDO

Depois de uma longa fila de perguntas feitas pelo sapo de cartola amarela, resolvi me tornar desequilibrista de cogumelos silvestres. Aquele anfíbio arregalou os olhos com surpresa felina e perguntou-me se eu sabia mesmo flutuar como um dente-de-leão depois de um sopro de vento. Ri. Se eu tivesse mais uma asa do lado esquerdo, ele não ousaria se dirigir a mim com aquela ironia típica dos sapos de coaxar empinado.

Saí com rebolar de vaga-lume, levando nas mãos meu ticket fluorescente: finalmente eu teria meu primeiro dia de folga! Durante muito tempo trabalhei duro, na rede, pensando e pensando e pensando. Meu avô nunca havia me dito como era difícil ganhar ideias para sobreviver. De qualquer maneira, eu já estava rica e transbordando flores, agora precisava de um tempo de folga. Desequilibrista de cogumelos silvestres, isso era tudo.

EXI(S)T

Eu não tenho vocação para as coisas. Isso deve ser porque não acredito que o ser humano tenha vocação para ser humano. E, ao que tudo indica, sendo um, eu também não tenho.

Acho tudo chato, desinteressante, tedioso. A rotina me mata. Detesto horas contadas, contas, horas, relógios, ponteiros, semanas, bimestres. A vida deveria ser contada em risadas: uma risada, duas, três Se não houvesse nenhuma, não haveria passado um só segundo de vida.

Ultimamente tenho escutado muito pouco o que as pessoas dizem. Quando pouco lembro, ainda assimilo uma ou duas coisas. O que vejo são bocas, e dentes, e línguas, e cheiros, e nada. Não vejo nada, tampouco escuto.

Essa dinâmica de vida e esse controle absoluto do tempo alheio é uma câmara de tortura.

Penso: "Sou doente! Ser deste mundo e não ser é uma doença! Preciso de um psiquiatra, psicólogo, terapeuta, trapezista, pescador, alienígena, alma penada, palhaço, alguém, por Deus!". E ninguém serve para isso – nem Deus.

Sigo em voo constante para Marte, Vênus e outras galáxias sem nome ou cor e me culpo por isso. Olho minhas asas durante toda a viagem e me culpo: "Mea culpa, mea máxima culpa!".

Onde foi que deixei a gravidade?

O peso do mundo cai em minhas costas. Ninguém aceita um ser humano que não tem vocação pra ser humano. Ninguém se aceita. Ninguém.

Olho uma árvore: "Porra, é simples assim!". Olho pra mim: "Porra!".

Aos trinta anos entendi a "porra" do sentido da vida: nenhum.

VENTRE

Dentro do ventre de São Paulo, moram corpos, não almas. Corpos que buzinam para outros corpos atrasados, corpos que derrubam árvores e respiram cheques, corpos que desfilam em minissaias, corpos que envelhecem, corpos que são enterrados e continuam corpos, corpos com ciúmes de outros corpos, corpos que se reproduzem, corpos que se alimentam de outros corpos, corpos às margens de rios podres, corpos que dormem em molas, corpos que dormem em ruas, corpos que não dormem, corpos que não acordam, corpos que dançam, corpos viciados, corpos religiosos, corpos prostituídos, corpos que traem corpos, corpos que entram em colapso, corpos que precisam de jaulas, corpos em salas de aula, corpos que julgam corpos, corpos masculinos em corpos femininos, corpos femininos em corpos masculinos, corpos perdidos em um corpo repleto de avenidas, semáforos, janelas e mais corpos.

PROSTITUTA DE COMETAS

Ah, vida, seja um pouco mais difícil! Tire tudo de nós e nos transforme em cubos de gelo. Faça um carnaval com nossas almas e pulmões, tranque as portas dos bancos, apodreça as maçãs de ontem e de hoje, jogue fora as cordas do violão e deixe o piano tão desafinado quanto as bocas de hoje. Foda tudo! Rasgue a carteira de habilitação do ar e queime todo o Ocidente. Crucifique os amores, passe cordas nas genitálias, lobotomize os pensamentos, faça das cores um extenso aborrecimento, cimente as lascas de excitação, os templos, as árvores, os indigentes. Foda tudo ao cubo! Foda tudo ao quadrado! Foda! Foda! Foda para que eu possa comer toda essa encubação! Eu irei te engolir, vida, de uma maneira tão perversa e romântica quanto uma prostituta de cometas em pleno eclipse solar. O medo de existir já não mora mais nesta caverna, não escuta gritos de inconfidência e tampouco adoece nesta normalidade digna de pena (de morte). Tudo. Tudo. Tudo pouco perto de todo o resto – resto de um todo que sempre será um absoluto nada. Ah, vida, foda-se!

UM QUARTO E UM TERÇO

Outro dia me perguntaram se eu estava em uma fase boa. Respondi que nunca estive em uma fase boa. E eu realmente nunca estive em uma fase boa. Nem ruim. Tenho o dom da autossabotagem. Quando a plenitude da paz ameaça alcançar meu coração, quero caos. Quando janelas de apartamentos se abrem para um possível voo, abro uma garrafa de whisky com os dentes. Quando me amam, tiro o punhal. Quando não, grito "now I wanna be your dog". Eu sou uma sacana. Amante incondicional dos contrários. Cafajeste magistrada. Bom, ao menos eu era.

Descobri neste último ano que a corda bamba pode virar forca. Não que me importe muito com isso. Mas é que depois dos trinta as pernas criam algumas varizes de sensatez, os filhos nos presenteiam com rugas de preocupação com o futuro e as ressacas viram tormentas. Matemático. Por que gritar "truco" com um sete e um cinco? Coloca as cartas no monte e quando tirar o zap fica quieto. Ninguém precisa ganhar no jogo. Ninguém precisa saber das cartas alheias. Fica quieto. Quando o amor está escancarado na porta daquele cubículo ensanguentado, vira a chave, tira o pó do batente, oferece a língua e a alma toda. Enforca a fuga com a corda bamba.

Cansei de sentir medo, ser covarde, espalhar a rebeldia. Agora quero ser santa, talvez freira. Quero um quarto e um terço. Vinho tinto – não muito. Missa às seis para contemplar o tédio com louvor. Quero me confessar e não ter nada a dizer. Ser amante de Deus. Quero fechar os olhos e descobrir que tudo não passou de um ano novo sem novidades. Quero que acreditem em mim. Quero que acreditem no que escrevo. Quero ser anjo e finalmente estar em uma fase boa. Mas eu nunca vou estar em uma fase boa.

Amém.

Isabela Johansen

ME MACHUQUEI, MAS NÃO FOI NADA!

– Você bateu o carro?

Ela consente com a cabeça, mas não sabe se estava de carro na última madrugada.

– Bateu, garota? Outra vez? Você estava no celular?

Ela não sabe onde está o celular. Não sabe se estava de carro. Mas consente. Como se estivesse conformada, aguardando um soldado esquálido consertar a cadeira elétrica em que irá se sentar em instantes.

– Me diz o que aconteceu! Agora!

Ela inventa uma possível situação, se faz de vítima. Ela é uma atriz, péssima, mas sabe que consegue passar pelo teste. O papel foi feito para ela: a garota bêbada que bate o carro na madrugada ao som de Hendrix.

– Você não anotou a placa do outro carro? Não pediu ajuda?

Ela cria. Cria. E enquanto cria reza para não esquecer do que acabou de criar. Ela está tão fora de órbita que pensa em colocar dragões e sereias na história, mas se contém.

– Bom, mas você se machucou?

Ela poderia colocar ponto-final nisso tudo e simplesmente dizer: "Sim, eu bati o carro porque me machuquei. Eu me machuco muito! Minha alma está um trapo! Preciso parar de me machucar e não precisar bater o carro." Mas ela não consegue e diz:

– Machuquei o braço, mas não foi nada.

MÃOS PRA CIMA, MOCINHA!

Consegui invadir o avião com ajuda de um agente da Máfia italiana, o Tavares. Paramos a máquina pouco antes da decolagem. Os passageiros entraram em pânico e alguns começaram a gritar "Bomba! Bomba! Bomba!". Porra, que bomba? Fui tirando a roupa para que não houvesse dúvidas: nada explodiria, a não ser meu peito aflito. Ofegante e insana, cheguei à cabine:

– Escuta aqui, por que é que você está fazendo isso?

– Isso o quê, minha senhora? Acho melhor você se acalmar e descer da aeronave. Já chamei a polícia. Não haverá outra alternativa. Por favor.

– Cala a boca! Eu já vou descer! Mas você não pode fazer isso. Por quê? Por que está fazendo isso comigo?

A essa "altura" eu já estava em prantos. Dilacerada. Inconformada.

– Senhora, eu sou piloto de avião e farei um voo na América Latina. O que há de errado nisso?

– Você está levando o amor nesta porcaria de máquina. O amor, entendeu?

– O amor? Querida, você fugiu de algum hospício?

– Hoje, não. Mas isso não vem ao caso. Por favor, não leve o amor pelos ares. Eu imploro! Demorei tanto tempo para encontrá-lo.

– Tudo bem. Olha, a polícia cercou a aeronave. Desce, vai tomar um remedinho e explica esse negócio de amor para o delegado. Você mora onde?

– Pinheiros.

– O delegado da décima terceira é muito bacana. Meu amigo pessoal. Fica tranquila que ele vai cuidar de tudo. Vai, garota. Anda logo.

– Você, por acaso, não está achando que eu sou louca, está?

– De maneira alguma. Invadir um avião, tirar a roupa e dizer que estou levando o amor embora? Poxa, passo por isso todos os dias.

– Ah, bom!

O aeroporto havia sido cercado por centenas de viaturas. O barulho dos helicópteros estava ensurdecedor. O Tavares havia se rendido e os passageiros descido da aeronave. Olhei para o comandante, conformada:

– Não há nada que eu possa fazer, certo? Esse avião vai subir e levar o amor para Montevidéu, certo?

– Certo, menina. Certo.

Coloquei as mãos para cima e fui descendo os degraus. Eu estava cercada por centenas de rostos, câmeras, armas, tanques de guerra, bazucas. Mas, afinal, o que é que eu havia feito de errado? Eu só queria que o amor ficasse no Brasil.

"Você tem o direito de permanecer calada, tudo o que disser poderá ser usado contra você no tribunal."

– Porra, seu policial, tudo o que a gente fala é usado contra nós até fora do tribunal, né? Me poupe! Aprendi a ficar calada já faz muito tempo. Menos quando bebo muito. Mas isso é outra história. Bom, vamos lá, vai! Cadê as algemas? Posso só colocar uma roupinha antes? Esfriou pra caramba hoje! É o outono, né?

Enquanto entrava na viatura, vi o avião decolando. O amor estava na terceira janela e acenava para mim, sorrindo. Naquele exato momento pude entender que mesmo algemada, fodida e condenada, minha alma estava livre e voava naquela aeronave. E eu? Eu havia conseguido o que queria! Deus! Eu havia conseguido! O amor estava em mim. Dentro de mim.

AS AVENTURAS DE JIM BEAN NO INFERNO

Jim Bean não é uma garota má, ela apenas precisa passar algumas temporadas no Inferno. Depois volta como se não tivesse tomado uns porres com o Demônio, coloca suas asas nas costas e sorri. Durante a madrugada, ela me ligou e disse: "Acabei de voltar de lá, quer me ver?". Eu sempre quero encontrar a Jim Bean quando ela está com suas asinhas celestiais. Então, fui às pressas:

– Ué, Jim Bean. Janela aberta? Acho que não vejo esta janela aberta há pelo menos dois meses.

– Viu? Eu voltei!

Quando ela sai de férias para o Inferno é assim. Tudo fica escuro. De dia ela se sente mal, tem pânico, chora, evita conversar. Aí, quando volta, costuma fingir que nada aconteceu. Pega sua bicicleta e vai ao parque, feliz da vida. Mas dessa vez ela quis me contar algo:

– Sabe? Eu me apaixonei por um grande amigo do Demônio. Na verdade, eu não sei se é um amigo ou o próprio. Ele sempre anda disfarçado. É difícil sacar.

– Jim Bean, você é louca?

– Não começa a apelar! Então, me deixa contar, foi bem estranho. Algo aconteceu no primeiro dia que cheguei ao Inferno outra vez. Esse cara estava lá. Ele é feio. E é grosso. Mas, você sabe, quando vou ao Inferno fico com o gosto duvidoso.

– Mas o que aconteceu? Você parece estar bem. Não está com cara de uma pessoa apaixonada.

– Calma, me deixa contar. O cara me achou bonita e inteligente. Mas você sabe que eu sou burra, não sabe? Que tipo de garota inteligente se apaixona por um cara desses? E o Inferno tá cheio de mulher bonita. Inclusive uma penca de putas. Mas, sei lá, a gente se "entendeu".

– Como assim se "entendeu".

– Ah, ficamos juntos algumas vezes e comecei a gostar dele, sabe? Porque aquele cara grosso também sorria. E encontrei alguma coisa nele que acho que nem ele sabe que tem. Mas depois de um tempo ele começou a me sabotar.

– Minha querida, você se apaixona por um amigo do Capeta e não quer ser sabotada?

— Eu sabia que isso ia acontecer. Mas eu não tenho medo, você sabe. O que me assusta é que cada vez eu sofro menos com esse tipo de coisa. Dessa vez, eu não sofri quase nada. Ele começou a dizer que sou mimada, a falar de mulher o tempo todo e a dizer que sou muito pirralha pra entender a vida. E os amigos dele concordavam com tudo o que ele dizia. E riam! Eles criaram um certo tipo de mundo paralelo dentro do Inferno. Um mundo de Verdades Absolutas.

— Jim Bean, você se mete em cada situação.

— Mas eu continuei gostando dele. Mesmo com todo aquele teatro infernal, eu conseguia ver nele algo puro e infantil. Aquele sorriso idiota me fazia estranhamente feliz. Mas aí, ontem, antes de voltar de lá, me encontrei com ele outra vez. E aquele sorriso infantil havia sumido. Meus olhos tinham deixado de acreditar nele. Porque ele fez questão de que eu deixasse de acreditar. E me deu uma tristeza profunda por ele. Porque sei o que ele perdeu fazendo isso. E não vai ter outro tempo, outro espaço ou outra vida para que eu possa mudar isso. Acabou.

Ele espatifou tudo na parede como se fosse uma garrafa vazia de Maker's Mark. Mais uma garrafa vazia. Mas ele nunca vai saber que não era só mais uma garrafa vazia de whisky. E vai continuar nadando naquele mar desértico, repleto de mulheres que querem se aproveitar de alguma coisa e amigos que não o questionam. É seguro. E frio. E tem cheiro de enxofre.

– Você está triste, Jim Bean?

– Por ele, estou. Mas estou muito agradecida.

– Agradecida? Pirou?

– De certa forma, ele me ajudou a encontrar o caminho de volta pra casa. E me deu muitas ideias. E fez renascer um sentimento bonito que eu não lembrava que podia existir. Vou guardá-lo sempre dentro de mim. Em profundo silêncio.

– Jim Bean, não chora.

– Essa lágrima é de alegria.

SABE, FLAVINHA?

Flavinha? Ele está ligando. O que eu digo? Estou bêbada e ele pensa que estou em reunião. Bom, estou em reunião. Mas em reunião de bêbado ninguém acredita. Eu estou muito bêbada e ele disse que temos um jantar. Eu sei que não vou conseguir parar de beber até lá. Vou falar um milhão de merdas para os tios dele, depois não vou me lembrar de nenhuma. Mas eles irão. E eu vou me sentir culpada. Ai, quando eu acordar, se ele estiver puto, é porque fiz alguma coisa ou quebrei algum vaso. Ou a sala toda. Eu sempre faço esse tipo de merda. Flavinha? Amanhã eu te ligo.

Flavinha? Hoje acordei e tinha riscado o banheiro todo com lápis de olho. Tentei limpar, mas não consegui. Não lembro o que eu fiz e não sei se ele está puto, porque ainda não acordou. Agora ele acordou. Eu estou fingindo que estou dormindo para escutar a reação dele quando entrar no banheiro e ver as manchas de lápis. Ele deu risada, Flavinha! Ufa! Agora posso acordar. Peraí! Nisto eu sou boa. Estou pensando em escrever uma peça com apenas esta cena: eu acordando. Eu sou mesmo boa nisso. Muitas vezes acordo fingindo que estou feliz; outras, que sou bem resolvida. A verdade é que sempre acordo sem saber quem eu sou e o que eu fiz.

Olha, Flavinha, ele está entrando no quarto. Eu estou acordando com cara de inocente. Está ótimo! Eu deveria filmar! Ele está me dizendo que -eu sou porra-louca, mas está sorrindo. E agora as mãos dele estão nas minhas pernas, subindo e descendo. E a boca dele encontrou a minha nuca. Sabe, Flavinha? Eu preciso desligar.

DRAMA TURCO

Não lembro quando o vi pela primeira vez. Na realidade, não lembro muito bem a última também. O fato é que achei que aquele homem fosse um imbecil. Não digo por falta de inteligência, muito pelo contrário, mas pelo fato de imaginar que ele seria um ogro estúpido e comedor compulsivo de garotinhas. Tá, alguns desses termos podem se encaixar, mas ele não é um imbecil. Fato.

Acho que ele estava sentado onde sempre está sentado e colocando um som, porque sempre está sentado no mesmo lugar e colocando um som. Acho que eu estava perdida e tomando uma cerveja, porque eu sempre estou perdida e tomando uma cerveja. Sentei ao seu lado e falei algo inútil, porque sempre sento ao lado de alguém e falo algo inútil – também costumo falar coisas inúteis em todas as outras ocasiões. Acho que ele me respondeu. Lembro-me do sotaque bem aconchegante.

Naquela hora a rotação da Terra mudou. Não, eu não me apaixonei (assim espero), mas senti um negócio bem estranho. Poxa, o cara era muito sensato. Não me lembro de nada, mas sei que era. Ele balbuciava coisas que faziam sentido – veja bem, isso é raro. Fazia tempos que não escutava algo com sentido; aliás, nunca ouvi. Mas sei que ele falava. E com aquele sotaque gostoso, um travesseiro.

Fiquei ali por horas e só conseguia olhar para ele. Vez ou outra encostava minhas mãos nas mãos dele e fazia aquele olhar que sempre faço quando consigo olhar para alguém em meu costumeiro estado alcoólico. Ele estava um pouco tímido, ou fingia, não importa, mas era a coisa mais encantadora do universo. Eu fingia entender a conversa da mesa, mas minhas retinas estavam deitadas naquele travesseiro e dormiam um sono tranquilo, embaladas por alguma versão de Hendrix.

Se não me falhe a memória – claro que isso é impossível – estava com um ex-namorado, amante, pai, ex-amante do pai; bom, estava com alguma figura masculina e, quando fui me despedir do travesseiro, dei-lhe um beijo na frente da incógnita barbada. Sei que o tal não deu tanta importância (concluo: deve ter sido o ex-amante do pai), mas para mim aquilo foi como dar o primeiro beijo na história da humanidade. Um beijo infantil: rápido e macio.

Desde então, sempre que o vejo, dou-lhe aquele beijo-fronha e saio feliz da vida rumo ao – Rumo ao? Rumo ao nada.

Sinto que esse travesseiro, em uma manhã pós-guerra alcoólica, estará em minha cama. Sinto também um medo avassalador. E calafrios. Alguns arrepios. Sinto indiferença. Mas suponho que hoje irei voltar lá para um breve repouso naquele sotaque macio de penas de ganso.

DEUS, I CAN'T HELP FALLING IN LOVE

Derrubei a taça de vinho de Deus às três da manhã. Ele estava muito ocupado no momento, inventando frases como "A solidão daí de onde você está é a mesma solidão daqui de onde eu estou". Então, não reparou no riacho roxo que havia acabado de se formar em sua (iluminada) frente. Eu estava com pressa. Muita pressa. Precisava alcançar aquele São Miguel, imóvel, do outro lado da mesa.

Fui esbarrando em todos os santos, rezando para que nenhum deles cortasse as minhas asinhas antes de eu chegar lá, no Miguel. E enquanto tropeçava nos pés das cadeiras de madeira maciça, tive a impressão de que eles conversavam sobre o que fazer quando o Clapton chegasse lá. Diziam que alguém ia ter que perder o cargo. Sussurrei no ouvido do João "Democracia celestial, meu caro! Esse é o caminho!". Eu estava um pouco alterada, não sabia o que estava falando; afinal, democracia é coisa do capeta! Mas pela manhã eu havia tomado um rosé com a Rita, a santa. E, durante a tarde, dois espumantes com a Janis. Ou foi com a Maria? Não lembro. Acontece que já não era mais plenamente dona dos meus sentidos.

Continuei meu árduo percurso até os braços dele. Mas, quando estava quase chegando ao meu destino, Judas me cutucou:

– Afinal, o que você quer com o Miguel, garota?

– Nada! – dei de ombros.

(Caramba, eu estava enganando Judas! Quanta cara de pau! Tudo bem que ele não é o mais correto dos santos, mas...)

– Eu sei o que você quer com ele! Quer que ele troque o som! Você não gosta dessa versão na harpa!

(Olha, têm uns santos que conseguem ler nossa mente, mas Judas se supera.)

Finalmente consegui chegar até o Miguel. Ele estava lá, sentado, com aquela carinha angelical que só ele tem. Toquei em seus ombros e aproveitei para sentir um pouco suas asas longas e macias, em seguida sentei em sua perna direita:

– Miguel, será que você pode trocar esse som, Can't Help Falling In Love?

Não titubeou:

– Sou um arcanjo, não DJ!

O PAPAGAIO E A FLORISBELA

– Você tem que se casar!
– Me casar? Por qual motivo?
– Para ter uma família.
– Mas eu já tenho uma!
– Mas você tem que escolher um homem bacana para se casar e ter filhos.
– Ah, que bom! Vou casar com uma estátua grega para ter várias pequenas estátuas dentro de uma casa! Quem sabe não possamos dormir no jardim?
– Não estou brincando.
– Não pode ser que fale sério!
– Eu falo sério! Todos formamos famílias.
– Com qualquer um?
– Não é qualquer um. Alguém que te trate bem, goste de você e te faça feliz!
– E eu vou ser feliz com alguém gostando de mim? Mais fácil ser feliz gostando de alguém que não goste de mim.
– Mas você acaba gostando com o tempo.
– Que tempo? O tempo não me dá tempo para esperar gostar de alguém por conveniência.
– Não pretende se casar?
– Pretendo. Quem sabe? Nada contra. Mas com alguém que eu ame, não com um touro reprodutor.

– Você vive sonhando.
– E você vive tendo pesadelos. Não me inclua neles.
– Eu sou feliz.
– Que bom. Mas não acha muito egoísmo seu achar que todos serão felizes do jeito que você é?
– Não.
– Pena.
– Tenho mais idade que você.
– E menos vocação para a vida.
– Está me insultando!
– Eu?
– Sim.
– Tudo bem. Você está certa! Tá vendo aquele cara ali?
– Estou. Muito bonito, aliás.
– Então, ele é apaixonado por mim! Gosta dos meus vestidos, me entende, me faz rir e sonha em ter filhos. Ou seja, pode me dar tudo aquilo que você diz que me faria feliz. Que tal? Pra quando eu marco o casamento?
– Não dá pra conversar com você, definitivamente.
– Que pena! Bem agora que você tinha me convencido...

SOBRE O NADA

Tenho achado que todas as noites terminam às seis da tarde e que a vida acaba aos trinta do primeiro tempo. Tenho sentido que todo o amor genuíno acontece somente para ser sabotado. Tenho pensado que a razão de estar vivo está bem longe do que somos. E que as pessoas não fazem a mínima ideia do que é realmente belo. Tenho procurado fugas nos azuis dos cogumelos, e achado o mar repleto de nadas. Tenho pensado muito em nadas, nadado muito em nadas, vivido muito em nadas.

Em toda a minha vida eu quis estar certa. Mas eu nunca desejei estar tão errada.

Deve haver algum sentido. Nem que seja o sentido contrário.

Isabela Johansen

OUTROS MUNDOS

Existem tantos mundos dentro,
Tantos outros fora...
E todos esses mundos internos,
Ou mesmo aqueles
Criados por nosso olhar,
São distintos dos mundos alheios.

Nós nunca enxergamos a mesma árvore,
Mesmo ela estando materializada
Diante de nossas retinas.
Nós nunca sentimos
O mesmo tipo de amor – cada amor é diferente –,
Apenas a palavra é a mesma.

Nós entramos em nossos carros,
Corremos atrás do dia,
Cruzamos com milhares de pessoas pela rua,
E todas elas estão vivendo
Em seus mundos invisíveis
E solitários.

Isabela Johansen

Como posso eu
Explicar o meu mundo
E esperar que entendam
De que cor é a nuvem
Que rasga o céu
Da minha boca?

Pode ser que debaixo do sol
Que faz nessa cidade
Haja uma tempestade
Dentro daquela moça triste.
Mas nós nunca vamos saber.
Nossos mundos são muitos
E pequenos demais
Para abrigar
Outros mundos.

Isabela Johansen

FURTO

Escondi a chave
da sua casa
para que não abrisse
mais nenhuma boca
dentro da sua
para que o sofá ficasse
sem minissaias
para que a cozinha fizesse
mofar o pão
para que você deitasse
só
no quarto alagado

Isabela Johansen

Escondi suas botas
para que não tivesse coragem
de sair pela porta
para que implorasse a Deus
por um copo de whisky
para que não tomasse chuva
nos óculos riscados
para que a noite não ouvisse
seus passos calmos
para que me esperasse
com a chave e as botas
e para que eu não precisasse
me esconder de você
nunca mais

Isabela Johansen

LUTO

        O quarto
        Branco
        As paredes
        Brancas
        Os lençóis
        Brancos
        Os aromas
        Brancos
        Os cabelos
        Brancos
        A pele
        Branca
        O Futuro
        Em branco

Os Sonhos
Em branco
Dentro
Branco
Fora
Branco
Memórias
Em branco
Respostas
Em branco
A vida
Em branco
O amor
Acabou

Arquivo Pessoal

Isabela Johansen é escritora, cantora, compositora e produtora cultural. Já participou de diversas bandas, publicou inúmeros textos em revistas e sites, e promove eventos sobre literatura e artes em geral, na cidade de São Paulo.

Considera-se uma "viajante", pois aventura-se pelo mundo desde os seus 16 anos em busca de espiritualidade e transcendência.

Já participou de retiros budistas e morou em comunidades pelo Brasil.

© 2018 Isabela Johansen

Todos os direitos desta edição reservados à
Laranja Original Editora e Produtora Ltda.

www.laranjaoriginal.com.br

Edição Filipe Moreau
Revisão Lessandra Carvalho
Projeto gráfico Yves Ribeiro
Ilustrações Magoo Félix
Produção executiva Gabriel Mayor

Esta edição segue o Novo Acordo Ortográfico da Língua Portuguesa

Você tem a liberdade de compartilhar, copiar, distribuir e transmitir esta obra, desde que cite a autoria e não faça uso comercial.

Dados Internacionais de Catalogação na Publicação (CIP)
(Câmara Brasileira do Livro, SP, Brasil)

Johansen, Isabela
   Entre Marte e a morte / Isabela Johansen. --
1. ed. -- São Paulo : Laranja Original, 2018.

    1. Contos brasileiros I. Título.

ISBN: 978-85-92875-41-1

18-18167   CDD-869.3

Índices para catálogo sistemático:

1. Contos : Literatura brasileira   869.3

Cibele Maria Dias - Bibliotecária - CRB-8/9427

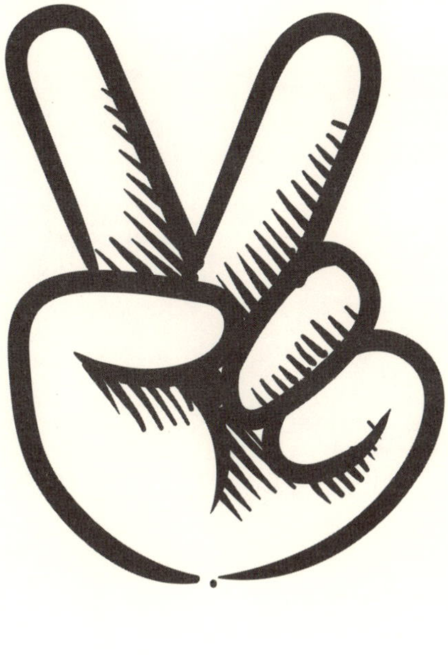

Fonte Frutiger 55 Roman
Corpo 11/15
Papel Chambril Avena Soft 90g/m²
Impressão Gráfica Bartira